우리는 함께 이 소설을 이겨 내기로 했다

시작시인선 0372 우리는 함께 이 소설을 이겨 내기로 했다

1판 1쇄 펴낸날 2021년 4월 23일
지은이 강전욱
펴낸이 이재무
책임편집 박은정
편집디자인 민성돈, 장덕진
펴낸곳 (주)천년의시작
등록번호 제301-2012-033호
등록일자 2006년 1월 10일
주소 (03132) 서울시 종로구 삼일대로32길 36 운현신화타워 502호
전화 02-723-8668
팩스 02-723-8630
홈페이지 www.poempoem.com
이메일 poemsijak@hanmail.net

ⓒ강전욱, 2021, printed in Seoul, Korea

ISBN 978-89-6021-553-5 04810
     978-89-6021-069-1 04810(세트)

값 10,000원

우리는 함께 이 소설을 이겨 내기로 했다

강전욱

천년의
시 작

봄날에
눈 녹지 않듯이

차 례

시인의 말

제1부

수화

건반의 개수는 매번 다르고

나는 나의 손을 잡아 주고 싶었다

정물의 왕국

담배를 사다 주는 제자는
내게 아무런 기대도 하지 않는다

교양 가득한 탬버린 소리
D 교수는 놀 줄 모르는 나를 가지고 놀고
너무 어린 도우미에게서 묵말랭이 같던 할머니 냄새를
맡는다
손이 없어 발이 없어
번호를 못 누른다는 저치들에게 신물을 느끼는 동안
집에 두고 온 별들이 검은 물집으로 빛나는 동안
너무 어린 도우미의 짧은 치마가 순간 땅속으로 쑥 빠졌
다가 솟아올라 불온한 실내를 다 뒤덮는 광경을 본다……
묵 같은 토를 쏟고 나는 너무 어린 도우미를 끌고 나와서 왜
이렇게 어리냐고 깽판을 치다가
같이 쫓겨난다

미련이라곤 없는 사람처럼
백치처럼
다 풀지 못한 떨림이 많았다

>
단 한 장도 넘기지 못한 채
애인의 웅크림을 쭉 세던 것처럼

우리말에 서툰 제자를 불러
돌아가고 싶지 않냐고 묻는다

안개와 안녕 그 사이 어딘가
너무 어린 도우미를 내려 주고

핸들을 꺾는 제자의 팔뚝에는 새의 비늘이 비쳤다 부리
없는 절규들이 차오르고 있었다

상주

나를 지키고 서 있었다
나는 중요하지 않았다

전적으로

어딘가 단단히 잘못되었다는 느낌을 받았다 나쁘지 않
은 느낌이었는데

완벽한 조문을 위해서는
한가득 살의를 품어야 한다고

검은 왕관과 단정한 비린내들,

지극히 평범한 겨울
나만 나를 흠 없이 감싸고 있었다

돌을 던지듯이

산 자들에게 절을 올릴 때마다

>

아무도 슬퍼하지 않았다 아무도 오해하지 않았다

씻지 않았고 먹지 않았고
아이들은 날 좋아했다

청혼

나다. 나다. 나는 밥을 더 달라고 한다. 나는 배부르다. 나는 어떤 충동 속에 있었다. 나는 손을 높이 든다. 하수구가 보인다. 태양이 보인다. 다시 나다. 나는 지속 가능한 결말을 생각한다. 사과를 그리던 사람은 사과를 깎고 있는 사람에게 간다. 사과를 깎고 있는 사람은 사실 사과를 그리던 사람의 진심 어린 사과를 받아 내고 있던 것이었다. 오 배가 터질 것 같다. 나는 나를 굶고 싶어요. 아니 근데 이게 청혼이 될 수 있는가? 아니 대체 이것이 청혼이 아니라면 뭐가 청혼이란 말인가? 김이 올라오고 있었다. 저기 밥은 아직인가요. 저기 하수구가 지나간다. 누군가는 저기서도 밥을 짓고 있었다. 누군가는 저기서 전시회를 열고 있었다. 나는 나의 거부할 수 없는 초대를 받은 것만 같다. 나는 왜 하필 나랑 같이 살고 싶은 걸까? 나야. 나라니까? 내가 손을 내리면 나는 죽을 것이다. 내가 쭉 살면 아무도 나를 못 알아볼 것이다. 나야. 내가 아니라 나야. 입을 제외한 모든 곳에서 밥이 고프다. 종종 나는 나다. 나는 가끔씩만 나다. 충동은? 충동은 무한하고 또 충동은 계획적이라서. 우리가 나무에서 떨어지기도 하는 것이었다. 사실 나는 나를 더 달라고 하고 싶었다. 그러나 나는 나를 굶고 있었다. 밥이 필요하다. 아니 나는 밥이 되고 싶다. 나는 만

인의 밥이 될 것이다. 그러나 밥처럼 마음대로 되지 않는
게 또 어디 있을까요. 나다. 나야. 이렇게 나는 나의 고독
을 완성한 것만 같다.

죽음에 대한 모든 것 2

채광과 누수
상권을 꼼꼼하게 체크했다
층계 간 소음과 바람이 잘 통해 결로가 없고 상시 쾌적하
게 지낼 수 있을지도…… 우리에게는 하등 중요하지 않은
것들을 끈질기게 살펴보았다

너는
작은 병실 어딘가에서
이곳저곳
배회하고 있었다

대체 어디야
골목이야
파란 대문이 흐르는

파란 대문 사이로
사라진 아이들만 뛰어노는

어딘가의 어딘가의 어딘가의 골목

>
집은
구했어?

골목과 환청을 거듭해 내뱉은

너의 누일 곳 하나 없는 물음에 나는 늘 이렇게 답하곤 했

던 것이다 우리가

머물 집에 거실은 없을 거야 거실은 만병의 근원이니까

죽음에 대한 모든 것 3

너는 우리가 함께 꾸린 짐을
네 목숨보다 소중하게 다루었다

겨우 짐의 무게만으로는 짐의 형태와
농도와
의미들을 도저히 따라가지 못해서 그래 뭐 하나 이해할
수가 없어서

너는 너를 자주 못 알아보았다
너는 쓰러지면서 균형을 되찾아 갔지만

네 손짓에서 푸른 혈변이 터져 나오기 시작했을 때

푸르다는 말을 실감하게 되었고
푸르다는 말이 처음으로 푸르게 보였고

우리는
서로의 발목을 붙들고 흐르는 강물, 우리는 강물을 밀어
내고 또 밀어내면서 작은 두 손으로 받쳐서 낸 웅덩이보다
작고 깊은 바다에 이르고 말겠지 이게 끝은 아닐 거라고 되

뇌고 또 되뇌면서 우리는 우리의 끝에

우리보다 먼저 도착하게 될 거야……

그네

손 놓으면 닿을 거리에서
자꾸만 엇히는 사람이 있었다

그녀,
그녀의 몸 안에는
아직 뜯지 않은 입간판들이 많았다

마치 구름을 잡아 뜯어낸 모양이었던…… 우리 둘만의
흐트러짐

한 풍경에 담긴다는 건
하나가 된다는 건
몸을 섞으며
거리를 재는 일이라 믿지만

뿌리쳤던 손길들이
빽빽하게 늘어선
우리의 투정은
마주 잡은 순간 너머의 절정이었고

\>

우리를 느끼며 나는 문득
거의 불가능하게 울어 보는 것이었다
그러면 그녀는
겨우 슬픔 따위가
당신의 눈물을 받아 줄 자격은 없다면서
내 얼굴로 감싸 쥔 자신의 얼굴을
허공에 갈아대는 것이었는데

우리는 뭐랄까
서로에게 적당히 어울리는 사람이 되고 싶어
서로와는 철저하게 무관한 인간이 되어 가는 것에 대하여
진심을 다하고 있었다

죽음에 대한 모든 것 4

빡빡 씻는 것이다 나는 진통제라고 했고 의사는 마약보다 더 독하고 쓴 것이라 했다 너는 그것을 빡빡 씻었는데 약에 다 약을 쳤으면 어떡해 너는 네가 씻길 듯이 계속해서 빡빡 씻는 것이었는데 빠드득빠드득 우리는 이미 그때 거의 다 사라지고 있었던 게 분명했고

*

꿈조차 보여 주지 못한 것을 약은 보여 줄 수 있어 각자의 부푼 풍경이 담긴 약 속에서 나는 눈을 감고 있었고 너는 죽은 척보다 살아 있는 척이 더 어렵다며 울고 있었다 너는 죽음으로밖엔 달리 견딜 수 없는 무한한 고통에 스스로를 밀어 넣고 있었지 고통이 다루기에 가장 까다로운 이름이 될거야 너 너 너는 분명 자기 자신하고 만큼은 불화하겠다고 죽어서도 친해지지 않을 거라고 했었는데 너 너 너는 어느새 너 너 너 자신과 깊어져만 갔는데 눈에 보이는 것은 쉽게 믿을 게 못 돼 그래서 너는 보이지 않는 것들의 눈과 귀를 틀어막고 울었는데 이러면 보일 거라고 이러면 괜찮을 거라고

>

*

　너는 고통을 원하는 게 아니라 고통이 너를 느끼지 못하는 것뿐이었다 고통이 외면해 버린 고통, 오로지 고통만이 이 세계에 대한 내성을 키워 줄 거라며 너는 수술대를 오르고 내렸다 너는 고통이 상쇄하고 미화해 버린 자신의 한계를 모두 살아 보고 싶다고도 했다 그렇게 네가 죽어 나갈 때 나는 달리 고통스럽지 않은데 나는 오래전부터 한계였으니까 너를 빠드득빠드득 사랑하고 있을 때부터 한계였으니까 심연, 심연이라고 해 두자 우리는 서로에게 너무나 가까운 심연 너무나 열렬한 심연이라고 그러니까 난 그저 더는 남지 않은 나를 다해서 너를 돌보고 있을 뿐이라고

죽음에 대한 모든 것 5

이유가 없으니까
이유를 말해 줄까

빛이라도 씹어야
낫는다는 병이었다

그래서 내가 이렇게 반짝이는 거구나

아니
네가 반짝이는 이유는
네가 더는 살지 않으려고 해서도 아니고

나는 너이기 때문만도 아니고
너는 나이기 때문에도 아니고

네가 아무 이유도 없이
짖기도 하고 물기도 해서 그렇다는 것도 아니야

그저 말없이 바라보고 있으면
바닥에서

바닥으로 몰아쉬고 있으면

슬며시
가슴 깊은 곳에서부터

머리를 열고
가슴을 열고서
끓어오르는 별들

나 미친 거 아니야, 환하게 웃는 너
보다 환하게 속아 주는 나
때문이야

죽음에 대한 모든 것 6

괜찮아, 네가 손짓했다

너는 이미 다 무너졌는데

너의 손짓은
아직도 너의 절반을 덜어 내고 있었다

아파서 아무것도 할 수 없는 너는 이제 너를 마저 덜어 내
고 있구나 너의 전부를 찾고 싶구나 남들보다 조금 더 빠르
고 착실하게 덜어 내느라 너는 너를 알아 갈 시간이 턱없이
모자랐지 해서 너의 손짓은 아직도 너의

절반을 덜어 내니
절반 이상의 것들이
너의 손짓에서 시작되었고

절반의 손짓은 전부의 손짓보다
다급하지 않았고

구분되지 않았고

>
아무도 알아볼 수 없는
너의 분명한 손짓이 있었다

                              *

너는 짐이랄 게 없었고 나는
이미 다 무너져 버린 너와
너와
너와
너를 끌어모아 겨우 짐을 꾸리고 주변을 정리하고 있었다

짐이 저 멀리 작은 점으로 사라질 때까지

날뛰는
물큰한

하나의 손짓이 있었다

죽음에 대한 모든 것 7

무한도전보다는

프랑스 영화를 봐요 프랑스 영화가 제일 웃겨요 뭐가 그렇게 재밌냐고 사람들은 제 입을 막으며 물어 와요 난 그게 눈부셔서 눈을 감아야 하는데 사람들은 제가 프랑스 영화를 찍고 있는 줄 알죠 병실에선 늘 꿈이 귀에 걸릴 만큼 행복한 걸요 아무도 터치하지 않아요 그 사람 좋은 데로 갔다는데 이런 말들만 떠돌아요 그저 웃지요 사실 웃음은 뭔가를 암시하고 있을 때가 더 많다는데 제 웃음은 직선이에요 끝도 시작도 없이 뻗어 가는 중이랄까요 고비 고비를 넘겼다는데 어찌 된 건지 웃고만 있구요 웃음은 위에서 모든 걸 내려다보고 있나요 머리가 깨질 정도로 웃고 있는 우리는 얼마나 아름다울까요? 잘 생각해 보세요 아름다운 건 다 웃기게 생겼잖아요 거기 선생님 프랑스 영화 좀 틀어 주세요 프랑스가 많이 아파요 그러니까 꼭 프랑스 영화를 보셔야 해요 프랑스를 전적으로 믿으셔야 해요 우리 또 이렇게 함께 웃겠지요? 혹 그날이 오기 전에 문득 배꼽이 어디로 갔는지 흐릿할 땐 프랑스 영화를 보세요 부디 저를 떠올려 주세요

죽음에 대한 모든 것 8

드디어 난 이 도전을 계속할 거라서요

*

프랑스 영화를 보며 재 본답니다 내가 얼마나 높이 흐느
낄 수 있는 사람인지를…… 웃으면 봄이 오다가 쓰러지고
봄은 머리가 다 빠져 있고 머리가 다 빠진 봄이 내 머리를
빗어 주고 그러면 나는 또 선생님 전 왜 머리가 안 빠지나요
왜 나만 왜? 왜 나 혼자만 희망을 품어야 하나요 그건 희망
도 뭣도 아닌데 희망이 제멋대로 온몸을 놀리고 진단하고
어지럽히고 그런 식으로 봄이 가고 봄을 찢고 봄이 오래 머
물던 자리에는 주인 잃은 자책들이 피어 있고 곳곳에서 허
공의 페달을 밟아대는 허밍들 면벽들 나는 그게 너무나도
웃기고 버거워서

이불을 가만 뒤집어쓰는 것이었다

*

한없이 열린

배꼽을 부여잡고 있으면 어떤 비극도 통과할 수 있고 내 숨은 뿔과 꼬리를 점쳐 볼 수 있고 재미만 있다면 단숨에 날아올라 몇 번이고 졸도해 줄 수도 있으니까 웃어요 웃음이 고개를 홱 돌릴 때까지 온몸이 목에 콱 걸릴 때까지 물속에서 쪼그라든 채로

만일 웃음이 모자라면 잠시만 호흡을 가다듬고, 뒹굴어요! 재가 될 때까지 네모가 될 때까지 뒹굴뒹굴 뒹구르르 발악이란 마음을 다해서 위독해지는 일 내게 주어진 길을 더 똑바로 걸어가기 위해 뒹구는 거랍니다 웃음이 왜 이리 차갑냐고요? 뒹굴뒹굴 웃음이 왜 이리 퍽퍽하죠?

무한도전보다 슬프고 끈적하고 어려운 프랑스 영화 때문에

나의 지옥은 아름답나요
속이 참 깊은

나의 지옥은 나의 소유도 그 누구의 소유도 아니라서 오 그저 가엾은 나의 지옥에서는 원 없이 비가 내리고 끝도 없

이 어두운 원을 그리고 그러니 내 지옥의 창가에 서면 더없이 푸른 바다만 보이고 그러니까 넘친다는 말은 곧 영혼이 자주 잃어 버리는 마음이고 영혼이 끝까지 지키고 싶은 약속이며 영혼이 내 이름을 기다리고 기다렸다는 가장 뜨거운 증거가 된다 내가 거품을 물고 쓰러지기 전에 먼저 비집고 터져 나오려는 영혼을 참고 또 참는 일이 바로 웃음이라는 말이 된다 나의 슬픔은 모두를 기쁘게 할 거야 적어도 지옥을 끈적한 웃음으로 넘치게 할 거야 어느 지옥에서는 벼랑 끝에 선 자들에게 시집을 한 줌 쥐여 준다는데 근데 그게 글쎄 이 세상에 없는 시집들이라는데……

*

너는 너 아닌 무언가와 계속해서 이야기하고 있었다 그러면 나는, 너와 너 아닌 무언가가 하나의 너를 공유하고 있다는 것에 참을 수 없이 두려워지기도 하는 것이었는데

그러니까 이 모든 게 다 프랑스인 것 같아요 일인실의 프랑스 씨는 말했어요 도전은 비겁한 짓거리고 무한은 시체도 없이 저지르는 꿈속의 풍장이라며, 우리의 프랑스 씨는

33

>

뒤죽박죽

웃음에 맞아 돌아가셨어요 어떤 이는 돌이라고 어떤 이
는 새라고도 했지만 변하지 않는 사실이 있다면 우리 모두
의 웃음에 맞아서 돌아가셨다라는 것

이런 고통은 내게 아무것도 아니야 아무것도
우리는 죽어야 비로소 맞아 죽을 수 있는 사람이니까

제게 늘 즐겁고도 곤란한 시제를 던져 주셨던 프랑스 씨,
다른 세상의 프랑스에서는 부디
잘 사세요

죽음에 대한 모든 것 9

질겅이는 것이다
피보다 더 피 같은 안부들을

*

믿음 소망 사랑 그중에 제일은 잔망이라……

죽기 직전인데 사람들 마구 몰려와서 영접 기도 같은 걸
해 줬어요 무슨 짓을 했더라도 신이 저지른 비유에 불과하
다고 마음 편하게 먹고 전하는 말에 동조만 한다면 천국으
로 천국으로 아니 무슨 이 탈구된 영혼의 눈동자를 단박에
끼워 맞춰 준다나 뭐라나 참나 죽기 직전하고 나눌 얘기가
이렇게나 많은데 분명 천국에서 놀고먹으려면 얼마나 많은
신을 저질러야 하는지도 모르고 하는 말일 거예요

*

마다하고 마다하며 그녀는 천국도 제발 마다하고

산으로 갔다 사실 천국이나 산이나 병원이나 아무런 차

이가 없었으므로 그녀에게는…… 그 산을 알아요? 그 산에
는 천국에서도 밝히기를 꺼릴 정도로 아프고 영험한 천사
들만 모여 있대요 그러니까 그 산 자체가 일종의 거대한 정
신병 같은 거래요

　좋은 공기와
　친절한 인간들 틈에서 자유로이 끼여 죽고 싶다며

　그녀는 산으로 갔다 그녀 주위를 맴돌던 그 역시 병든 그
녀를 따라 산으로 갔다 병든 그녀가 멀쩡한 그를 이고 산으
로 산으로 산을 이고 산으로 산으로

*

　곤히 졸면서 갈 수 있을 거 같아요 거기서는, 바득바득
곤히 조시면서 너무나 아름답게 가셨던 시어머니 제 롤 모
델이셨답니다 시어머니의 허름한 기억력 그 위에다 그림 같
은 집을 짓고 살고 싶었는데

　그이의 끈질긴 팔베개 아래에서

오지 않을 아침을 건너가기로 했는데

*

　살 가망이 보이지 않았을 때부터였을 것이다 마음의 준
비를 하셔야겠다 전했을 때부터 그녀는 무섭도록 기운을 차
렸다 더는 살 가망도 죽을 가망도 보이지 않는다며 그녀는
떠났다 최선의 천사들로 뒤범벅된 천국으로, 천국과 지옥
이 만나 각자 준비한 골방들을 꺼내 보이는 산속으로 그녀
는 올라갔다 봉침도 놔 주고 똥도 치워 주고 싱그러운 탱자
나무 숲길도 있다는 그곳으로

장화 신은 언덕

늘 맨 앞자리였네 선생은
다리 좀 그만 떨어, 한쪽 꿈을 절었네 우유가
날아왔네 뜯어 보니
새였네 뜯지 않으면
축축한 돌 같은 눈알들이
축복처럼
머리 위로 한없이 쏟아졌네 내 우유를
찾으려면 손목을 긋거나 외딴 골목을 뒤지거나 저기 모르
는 한 사람을 오래 부둥켜안아야 했네
창틀과 창턱을 딛고 디뎌서 간
대낮의 옥상에서는
암실에서 늘 끼고 살던
약품 냄새 진동했네 삼촌이 곳곳에
놓아두던 하얀 식물과
하얀 숯
하얀 무지개
삼촌, 우유는 왜 검은 거야?
비명을
왜 사진으로 남기는 거야?
확대기에 걸린 숲과

새 이름의 비명들을 지나

이제 새들은

내 이름을 듣고 실신하는데 그런 의미에서 비명은 자기
자신을 가장 정확히 호명하는 수단은 아닐까, 모르면

다리를 떨어야 하네

살려면

새를 마주하려면

내 주머니보다 비좁고 탁한

옥상에 서서

줄어들고 줄어들어도

없었네

나보다 큰 별, 나보다 큰 슬픔이 없었네

죽음에 대한 모든 것 10

심각한 병 없이도
간병이 필요하다고

그는 끝까지 날 택할 것 같다
그는 끝까지 날 버릴 것 같다

내 전부를 대신해서

내 모든 웅크림보다 앞서서

그는 망상에 빠져 있다
누구나 간병이 필요하다고 믿는
아주아주 심각한
털끝조차 건드릴 수 없을 병에 걸렸다

이글이글
식어 가는 눈빛

그는 밤마다 기도하러 간다
그가 기도하러 가지 않으면
밤은 모습을 드러내지 않는다

>
우리의 하체에서는 늘
텅 빈 속죄가 터져 나왔었지

우리가 하나가 되었던 순간이
가장 이상적인 죽음이겠다는 생각

단 한 번도 뒤처지지 않은 그가
늘 다정하고 강건한 그가
죽어 가는 나보다
죽음에 가까웠는지 모른다는 확신

바람이 불었다 멎었다 하듯
그가 중간중간 걸음을 멈추는 것은
자신의 발자국들을 돌려놓기 위해서이고 그건
그가 나를 흔적으로서만 사랑한다는 뜻이면서 우리가 길
없이 차오르는 것들과
발맞춰 걷고 있다는 뜻이기도 했다

그리고 그는 나에게
사랑한다는 말 한 번 해 준 적이 없었다

죽음에 대한 모든 것 11

다시 배우고 있다
혼자서 씻는 법을
욕조 밑바닥에서부터 매일매일

이렇게 나를 욕조에 매어 둔 누군가는 나보다 숨겨 둔 욕
조가 많은 사람

누군가를 불러서, 그 누군가가 날 받아들이고, 그 누군가
가 날 여기에서 저기로 옮겨 놓을 때마다

욕조가 넓어졌다

나는 온전한 내 힘으로 씻고 싶었다

우리는 끝까지 흙으로는 돌아가지 않으려 한다
이렇게 흙 속에 파묻혀서는

모든 흙은 욕조로 통한다고

혼자 있으면 절대 혼자가 될 수 없을 거라고 그러므로

>

나의 몸은

나의 영혼보다 멀고 희미한 곳으로 똘똘 뭉쳐 있을 것이다

*

아쉽게 정신을 차리면

닿는 모든 곳마다

알 수 없는

이물감으로 가득한 것이었다

죽음에 대한 모든 것 12

내 영혼은 흙으로 되어 있으니
흙으로 돌아가지 않아도 된다

안락한 순간만을 퍼 날랐을 욕조에

　슬픔이 밀려들고 내 안의 것들이 다 빠져나갈 때까지 욕
조에 있어야 한다 욕조는 세계와 세계를 이어 주는 통로 육
체는 영혼을 담을 수 없지만 욕조는 영혼을 담을 수 있다 영
혼이 육체를 입고 돌아다니는 것…… 욕조 안에서 우리는
분간되지 않았다 흙이거나 진흙이었다 어디 가지 말고 여기
꼭 붙어 있으라고 그가 말했던 여기와 내가 생각했던 여기
가 너무 달랐을까 물 한 줌 없는 작은 욕조에 담겨 있다 오
래 파묻혀 있다 욕조에 혼자 있어 나는 영원히 욕조에서 벗
어날 수 없고 욕조 안에서 나의 영혼은 썩지 않는다 나의 육
체는 날마다 새로운 영혼을 꿈꾼다…… 이렇게 욕조에 담겨
있는 것이 외로운 영혼들에 대한 예의가 될 수 있다면 영혼
들이 마지막으로 허물을 벗어 둔다는 곳이 더는 육체도 아
니고 그 뜻을 헤아릴 수 없는 문장도 아닌 그저 여기 이 작
은 욕조가 될 수만 있다면, 좋겠다 그가 돌아오지 않아도 정
신이 돌아오지 않아도 아무도 원망하지 않을 것이다 아무도

밑줄

돌아오지 않는 사람들이 있었다
우리는 조금 떨어져 걷고 있을 뿐이라고

불쑥

물러날 것
눈에 불을 켜고

물러난다는 것은
물론 가장 위험한 수였다

내게 없는 모든 위트를 휘두르는 일

우리는 언제나 멀어지고 있었으므로

조금 더 깊이 물러나도
조금 더 신중하게
바닥을 쳐도

바뀌는 건 없겠지만

내가 할 수 있는 소년을
지금 떠올릴 수 있는 한 사람의 오렌지와

네 번째 손가락에서 파괴됐던 행성과

\>

미래 곳곳을 수놓았던 망설임들을

넌지시 자축해 보는 것뿐이었다

제2부

거인의 발은 작다

저보다 어려 보였습니다 외투를 벗으니 더 커 보였고

그의 발을 닦아 주었습니다…… 다행히도

제가 모르는 모양이었습니다

　착한 아이들은 꿈속에서 선별되었고 실종되었고 얼마 지나지 않아 발견되었습니다 수평선과 수술선이 맞닿은, 무너진 골목의 입자들로 꿈틀거리던, 신음과 신음 사이에 관을 집어넣어 허공의 족보를 채워 나가던, 솜털의 무게와 방향을 맞춰야 한다면서 온몸으로 시간의 진물을 짜내야만 했던, 바로 그 언덕이었습니다 그 언덕에서, 우리의 아이들은 그 아름다운 언덕의 실험체였을까요? 저무는 자들의 목덜미를 쌓아 올리고 있는 바로 그 언덕에서요

거인의 발은 작고 노래는 그 발에 입을 맞추고

그렇게 입을 떼는 것이었습니다

한가득

사라진 아이들이 이내 발견되었다는 것에 무척이나 아쉬워하면서

그는 돈을 쥐어 줬습니다 세어 보진 않았습니다만 과분한 액수라는 것은

분명했습니다 제가 모르는 저의 가격이라는 것은

자꾸만 분명해졌습니다

닿을 수 없는 곳에 떡하니 발을 걸쳐 놓았던 날들 있지요? 다 될 것만 같아서 아무것도 되지 않은 날들 너 미쳤구나 그런 손가락질들을 받고 싶어 안달 났었던 날들 닿을 수 없는 곳으로부터 하루빨리 연락이 오기를 바라고 또 바랐던 날들 발이 푹푹 빠질 때마다 키가 더 자라고 있음에 슬픕니다 영영 닿지 않을 곳들이 나를 딛고 밀치고 깨어나고

있음을 압니다 압니다 나는 잘 알고 있습니다 우리가 모르
고 지냈던 시절들이 우리를 이곳으로 돌려보낸 것임을 간
신히 간신히

거인의 발은 작고 나비는 몸 밖의 산통을 느끼
며 날아갈 것이다

그의 걸음이 묻은 돈을 받아 들고

내 영혼은 당신의 발을 닦아 주기 위해 절뚝이는 걸까요?

그는 아주 천천히 단추를 잠갔습니다 깃이 없는 외투였
습니다 *저는 언제 저런 외투를 사랑해 볼 수 있을까요?* 묻
자 그는 잔돈은 됐다면서 우리가 그때

들꽃에 실려 나간 아이들 중 하나였다고, 그러므로

여기까지는 아주 먼 길이 될 거라고

홍차

조금 늦을 거라고 했다 조금이라고

했다 차가 막혀서 그렇다고 하면 절대 알아듣지 못할 걸
아는 너는

이모티콘을 계속 찾았을 것이다 마땅한, 마땅해 마지않는

이름을 두고 내렸다고 하지 차라리
사랑 같은 게 식었다고 해야지 가끔은

아주 가끔은

막차

데리러 와
달라는 거구나 데리러
올 때
꼭

　운동화를 챙겨 달라는 것 발이 너무 아파서 아무도 발소
리를 줄여 주지 않아 너무 아파서 꿈까지 헛나오고 한 걸음
이 모자라서 다시 또 아득한 기분 내가 지금 어느 정도냐면
발이 너무 아파서 너의 발을 주물러 주고 싶다는 생각뿐이
야 어떤 생각은 발끝에서부터 시작되고 널 향한 생각들 때
문에 내 발이 성하지 않나 보다 무엇보다 오늘도 역시 내 발
에 맞지 않는 새들이 참 많았다는 것 아파, 너도? ……결국
우리는 우리에게 가장 어울리지 않는 하얀 운동화만 신게
될 운명이라는 걸까

양은 꿈의 첫 검정이다

　양은 입가에 묻은 피를 닦았다 피가 끓는 순간보다 피를 닦는 순간이 더 짜릿하다고 양은 말했다 양은 분명히 그렇게 말했고 나는 고개를 저은 것 같다 양이 보았다면 가슴이 아팠을 것이다 그러나 그 정도로 고개를 젓지 않았다면 나는 지금 여기 없었을 것이다 스윽 스윽 피 닦는 소리가 들판을 깨우고 있었다 들판은 짧았고 기차는 분홍이었다 들판의 풀은 모두 양털이거나 양털을 고르던 자들의 열망이었다 우리가 왜 이렇게 되었을까 양은 더부룩한 표정으로 물었다 양은 물음을 그치지 않았다 나는 양 대신 그 물음을 쓰다듬은 것 같다 깨끗이 다 나은 자들의 투병이 여기저기 널려 있었다 우리는, 왜 이렇게, 왜 이렇게까지…… 자기 눈을 가린 채 기차는 달려가고 있었다 나는 양을 한 번만 더 쓰다듬고 싶었다 양에게도 물론 나에게도 우리에게는 단지 그거면 되는데 괜히 피가 끓었다 피가 너무 모자라거나 너무 넘쳐서 피가 계속 끓는 것인지도 몰랐다 양은 사람의 피 끓는 꿈을 먹고 자란다고 한다 들판의 끝에서 벌어진 일이었다

들과 고래와 링거

툭, 하고 끊어진 것이 있었다 툭
하고
끊어지지 않은 것들 사이에서

우리는 같은 곳을 바라보고 있었다

우리라는 혐의도 끼어들지 못하도록

같은 문장으로 지워지고 있었다

                              *

그래도 안겨 있다는 것은

슬픔이 나를 조금씩 떼어
한동안 살 만한 공간을 마련해 주고 있음을
뜨겁게 떠올리는 일

나의 부재 속에 내가 갇혀 있음을 바라고 바라고
받아들이는 일

\>

*

나는 생각한다
고로 끊어져 있다

나는 비로소 나의

눈부신 일부가 되어 가는 중이다

*

혼자 있다
함께 있다

덩어리처럼 반복되는

모두의 입술에서
동시에 흘러나오고 있는

단 하나의 독백

\>

*

　혼자가 편한 이유보다는 혼자가 될 수밖에 없는 이유를
따져 보는 것이 훨씬 덜 외롭겠다는 생각 모든 혼자에게
는 가장 혼자였던 우리를 향한 아름다운 목례들이 펼쳐지
고 있다는 생각 또 그 모든 순간과 순간에는 혼자가 될 생
각에 사로잡혀 버린 어느 절실하고 해롭고 흉한 저 노래들
이 머무르고 있을 거라는 생각 생각 스르르 또 생각이 모르
게 생각⋯⋯

*

　완성되고 있었다

　텅 빈 거리의 막다른 활기 속으로

아치

이윽고

어느 외로운 상점들은 뜻을 모았다 인파로 가장 분주해지는 시간을 틈타 이 거리를 벗어나자는 것이었는데

한숨 돌리자마자

상점들이 거리를 유유히 빠져나오는 소리가 온 세상의 틈을 가득 메우는 것이었다 너무 외로우면 고독도 설 자리를 잃는 것처럼 내세울 것 없는 상점들은 세차게 밀려오는 인파에 휩쓸리지 않았다 걸음마다 다른 기분 다른 공간을 투기하느라 인파는 그 모습을 전혀 보지 못한 듯했다 시종일관 자기 자신을 우회하던 상점들 이제야 한을 푼다는 듯 다리가 다 풀려 버린 채로 저 멀리 떠내려가는 상점들 그리고 여기 잃을 것도 다리 풀릴 힘도 없는 우리는 고독 저편에 삥 둘러앉아 어느 외로운 상점들의 기묘한 출가를 황홀하게 지켜보았다

긋다

살아남을 거야
대신 아무것도

증명하지 못할 거야

                              *

팽팽하지도 느슨하지도 않게

손목은 뿌옇고

밑줄을 멈추지 않는다면 누구나 단단한 안개를 소유할
수가 있다고

늘어진 손목이 잡아당기고 있는 건 다른 행성의 위로, 다
른 질감의 약속

피가 울리는 시간
찰나들이 곤두선 백회 너머

>

*

*붉은 안개의
나이테를 보여 줘*

너는 지구처럼

우아하고도 우아하게

너의 잔해를 뒤지고 있었고

대학원

살아 있는 생물 같다

중앙에는 기둥이 2개 여기는 넓다 여기는 흔들린다 내가
왜 여기 있는지 아는 사람? 누군가 내가 여기 있다고 했을
뿐 나는 여기보다 먼저 여기 와 있었다고 여기는 회의실이
다 여기는 사랑방이다 모든 구석이 붕 떠 있는 것처럼 완전
히 구석에 의존하고 있는 여기는

심하게 체한 것 같다

터진 달걀에서 아득한 날갯짓을 읽거나 건져 내었듯이

다정 기계

그런 게 있었으면……

그는 뭐 하는 사람일까 어제도 만났고 내일은 없는데 오
늘도 만나게 된

자꾸 마주치는 그가 신기해서 나는 정말로 그가 되고 싶
어서 대체 뭐 하는 사람인지도 모를 그와 같이 되고 싶어서
(선망이 아닌 증오에 가까운 형식으로)

반은 인간 반은
백합인
기계를 생각한다
기계를 염려하는 마음이
인간을 지속하는 진술이 되어 버린다고

그게 뭔 말이야 나는 그가 하는 말을 이해할 수 없고 우리
가 나누는 대화는 그 누구의 이해도 바라지 않아서 의미 있
는 것이라는 그는 자신을 기계라 불러 주기를 원하고 나는
문득 어쩌면 우리가 우연을 이겨 낼지도 모를 거란 생각에

>

함께 바다에 가는 것이다

가슴이 답답한 건 의도가 모자라기 때문이라고 그는 크
게 심호흡을 하면서 숨이 저 먼 곳으로 넘어가는 느낌이라
고 그러고는

내 목숨을 거둬 갈 것처럼
나에게 두들겨 맞기 시작하는데

단지 그걸 하기 위해서 우리는 바다에 있었고
(샤워 헤드가 굴러다니는 해변이 일품이었네)

우리에게 붙은
미행을 하나둘 떼어 내 볼까 그게 바로
꽃잎이니까

반은 백합 반은 인간이었을
그를 생각한다

우리 이전의 우리를 생각한다

>
뭉텅뭉텅
잘려 나가는
환희는 슬픔의 힘줄

이전에 없던 밤과

소금기란 찾아볼 수 없는 바다

서로를 뜨겁게 횡단하던
첫 문장과
침묵의 탄환들은
아직 어디에도 도착하지 않았다고 한다
어떤 도착도 없이

적중했다고
마주했다고

그의 항문은
최초의 신화가 전송되었던 곳

>

내가 살던 반反에서는
반은 아이 반은 어른인
괴물이 있었어

재로 된 유리병이 있었어
안 만지면 죄가 되는
깨트릴수록 진짜가 되는

재로 된 바나나들이……

그러니 사라지지 않게 소중히 끌어안아야 했어

계속해서 중얼대는 그는 유리병에서 태어났을지도 모르
겠다 투명한 바나나 속에서, 오 그렇게 태어난다면 얼마나
은유적일까

뼛속에 꽃 조각들처럼
등이 굽은 이야기들이 수염 깎는 법을 알려 주었던 것처럼

막아도 막아도 시끄러운 달빛

>
모든 향기는 귀에서 시작될 거야

꼭 꺾어야 할 꽃이 있다고
너무 쉽게 손을 내밀었을까

우리가 사람을 보는 눈은 없어 참 다행이야

담석처럼 생긴 커서가
우리를 집어 모니터 안쪽으로 끌어당길 때

모든 미래는 한 몸에서 발병했다는 것이 분명해진다
그리고
이 시는
우리의 체위는
미래에서 온 것이 분명해

미래에게 살해당한 미래임이

대학원

돌아와
돌아와

　내가 기억나지 않을 때마다 시를 쓰기 시작했다 내가 희
미해지고 있는 것을 의사는 그저 감기라고 했다 스트레스
라고 했다

　사람을 꿈꾸거나 사랑했던 건 우리가 우리에게 보내는 마
지막 비유였다

　살아남는다면, 해 줄 말이 얼마 없을 것이다…… 없는 미
래와 보이지 않는 미래 사이에서 지금 당장 가능한 먼 미래
가 있다 먼 미래의 기둥을 뽑고 다니며

　결국 나는 나로
돌변할 것이다.

대학원

초콜릿을 받았냐는 물음에 나는 모르는 일이라고 답했다 다른 선택지는 없었으므로 그 애는 끄덕거리며 내 주머니를 확인했고

그 애는 자주 내게 혼자냐 물었고 늘 혼자였던 나는 그 말을 오랫동안 이해하지 못하였다

그 애는 초콜릿을 많이 받는 아이였고

빵점보다 빵점인 점수를 받은 날엔 그 점수라면 충분히 사랑받을 수 있을 거라고

나를 아세요?

매번 주머니가 먼저 녹았다 다행히 초콜릿은 모르는 일이었다

죽음에 대한 모든 것 13

얼마나 죽을 수 있을까요

선생은 매정했고 나는 그 매정함에 기대 마구 묻곤 했다
그리 편한 걸 이젠 못 한다 저 얼마나 살까요 선생은 나를
사랑했으나 내가 살 거란 생각은 하지 않았다 내가 살지 못
할 거란 확신이 나를 조금 더 살게 해 주는 것만 같았다 선
생은 한숨을 내쉬었다 그 한숨을 들이마실 때면 늘 날아갈
것처럼 기쁘고 믿을 수 없이 편안해졌다 나는 다른 사람의
숨으로 내 숨을 이어붙이고 있는 건지도 몰랐다 사랑하려
면 아니 사랑을 위해서라면 그 어느 것도 사랑하지 않아야
하는 것처럼

영혼은 영혼을 덜어 내려고
아무 이야기도 버티지 않는 것처럼

대학원

액셀을 밟게 된다 아직

덜 배웠을 뿐이다

갈대와 비탈을
해변과 처마 밑을
은밀히 구분하는 법을

재떨이를 비우는 것보다는 재떨이에 맞아 죽는 편이 훨씬 덜 슬프고 덜

수치스러운 것처럼

오, 다시는 사랑받지 말아야지!

흩날리는 눈의 계도에 봄의 뿌리가 미끄러지듯

대학원

눈사람을 따라가고 있었다 눈사람을 부수고 있는 사이에

당신이었군요
우리가 찾던 날것의 미래

눈사람은 자기 어릴 적 이야기를 하기 시작했다 본드에서 흰색만 짜내던 사람 어떤 재생도 기록하고자 했던 사람 비나 눈이 그치지 않는 이유를 늘 자기 자신에게 캐묻던 사람 바람의 배를 가르고 엄마 손은 약손 아빠 손도 약손 흥얼거리던 사람 두 손에 흥건한 자신의 피로 자신에게 세례를 베풀던 사람 절대 못 지킬 상처나 약속 중간에 구두점을 찍어두면 언젠가 빛나는 별이 될 것이라 자부하던 사람 어느새 외로운 별들에게 둘러싸인 빛나는 자신을 나는 별도 사람도 아니라며 끝까지 부인하던 사람 그러나 그 찢어진 눈으로 세상의 모든 사랑을 속삭이던 사람 감은 눈과 감은 눈 사이에서 꽃보다 심한 나비 냄새를 맡기도 했던…… 눈사람은 그저 여름을 자제하려던 사람이었을지도 모르지만

엄마! 저기 눈사람들이 가요!
다분히

74

＞
사람은 가지 않으려는 길로만

그래 옳지
이렇게 또 겨울을 나는 거야
어떤 시간도 쓸모 있게 보내고 싶지 않은 마음으로

텐트도 치고 조명도 달고 힙하게

죽음에 대한 모든 것 14

살아 있다고 살아 내고 있다는 건 아니었다 난 그저 삶의 바깥에서 놀았고 쉿물 같은 침묵을 쏟으며 자기 자신을 무수히 담금질하는 그의 슬픔을, 그의 슬픔이 내 가는 안팎을 닦고 치우고 젖 먹이는 모습들을 받아 마시고 있을 뿐이었다 어서 이 부당하고 과분한 구원 속에서 벗어나야겠다는 생각뿐 그의 헌신에 길들면 길들수록 차마 길들이지 못한 한두 방울의 내가 넘쳐흘렀기 때문이었다 내가 틀렸다 울지 않으면 좀 다르게 울 줄 알았는데 나를 살아 본 적 없는 나라면은 좀 더 다르게 살 줄 알았는데…… 과연 나다운 죽음은 무엇일까? 그게 늘 나를 괴롭히고 있었고 나다운 건 없었지만 나다운 것들이 나를 늘 들쑤시고 있었고 그의 거친 손에는 여지없이 걸레가 들려 있었다 어떤 문장으로도 해소되지 않는 고백이 있듯이 그것의 용도와 상관없이 그의 손에는 항상 걸레가 들려 있었고 걸레는 갈수록 하얘졌고 그는 종종 걸레 더미 위에서 상다리가 부러질 만큼 예쁜 소반을 차리기도 했다 그는 걸레를 들고 있는 것으로 난 그럼에도 걸레에 찌든 그의 고통을 따라 헤매는 것으로 각자의 슬픔을 꾸려 나갔다 나다운 것은 가장 우리다운 것 그런 말들을 걸레 삼아 너는 우리에게 남은 우리를 깨끗이 씻겨 내기도 했다 만약 눈물을 멈추게 하는 약이 있다면 그의 눈에서

박박 흐르고 있을 것이다 눈물과는 전혀 다른 결의 판결이
그리고 선생은 내가 그것을 슬픔이라 부르지만 않는다면 두
번 다시 고통을 덜기 위해 자기 자신을 끌어다 쓸 일은 없을
것이라 진단할 것이다

수은 키스

더 할 말이 없다는 것을
잘 전달하기 위해서

저절로 혀를 내밀게 돼

(눈물은 아직도 소식이 없구나)

나를 먹어 줘
한입에

통과해 줘

혀에 그려진 지도를 쭉 따라가다 보면 우리는 거짓말이
라는 별들이 서로를 물고 잿빛의 싱싱함에 대하여 떠드는데

절대로 사람은 믿지 않는다는 심중에는
너무나 아름다운 가설들로 가득할 거야

얼어붙은 출구와
밤의 아지랑이들

>
우리가 우리를 뚫고 지나간다고 해도

내가 뭔지 말해 줘
나는 내가 될지

증명해 줘

세상에 붉은 혀는 없다는 것을
세상에 저절로 되는 빨강은

다 지독한 순결이라는 것을

창문 닦아 주던 사람

춤은
허공이라는
보호색을 나눠 걷는다

제3부

초토

창가에만 소독제가 없고 사서는 곳곳에 비치된 소독제를 굳이 창가까지 가서 발랐다. 풍경을 만질 땐 더 깨끗이 손을 씻어야 해요. 그녀의 목소리는 크기도 하고 작기도 했다. 사실은 그만 내려놓고 싶어요. 꿈을 이루자마자 나를 잃었어요. 사서가 되면 책만 신나게 읽을 줄 알았죠. 이렇게 손만 씻게 될 줄은 꿈에도 몰랐어요. 그녀는 멜빵바지에 나그랑 티를 자주 입었다. 풍경은 꿈의 물성을 가졌음이 분명해요. 미끌거리고 끈적하고 오 동시에 멀어지고 있어요. 손끝에선 바람의 녹이 뚝뚝 떨어져요. 몸 안의 갈대들이 보랏빛으로 손을 흔들어 주고 있단 거지요. 사랑해요. 그러니까 이렇게 책장을 넘기는 것은 들리지 않는 속삭임에 가담하는 일이었는데…… 그녀는 거기에서 오래도록 허공을 씻었다. 지금 우리의 대화는 얼마나 숲으로 가고 있을까요? 나는 아무런 말도 하지 않고 있었지만 우리의 이야기가 시작되고 있다는 것에 대하여서는 부인할 수 없었다.

뿔

여자, 나의 첫 남자

*

마음은 비웠습니다 중년을 이해하기 위해서
낙심이란 말은
꼭 껴안고 있으려고

갈대는 흔들리고 흔들리다가
우리의 발목을 축이고

여자는 물이 아직 차다고 합니다
맑은
내 눈이 마음에 든다고 합니다
나와 그 모든 풍경을 등지고 있는 채로

호수 주변, 굳건한 흔들림들을
바라보고 서 있는
여자의 등이 참 아름답습니다

>

*

압니다 여자는
나와 게임을 하고 싶다고 했을 뿐이었지만

여자는 가정을 버릴 거라고 합니다
버려졌다는 말에게도
버려질 거라고 합니다

여자는 정중하게
날 의심하고 있습니다

나의 낙심이 자신의 변심에 미치지 못한다고 생각하여

확실해졌습니다 중년이란
끝이라는 알을 깨고 나온 소년이라는 사실이

점점 더
내일보다 더
잘할 수 있겠습니다 기회는 빠르게 줄어들어 존재하지
않았지만

죽음에 대한 모든 것 15

내가 완전히 망가지는 것만이 내가 기댈 곳이었다 그런 위태로운 상태만이 우리가 부대낄 수 있는, 너만의 작은 공간이었다 너는 나를 차곡차곡 떼어 내었다 더 부서지라고 더 비옥한 이름이 되자고 너는 작고 연약했으나 너무 자주 부서지거나 멀어져 가는 나를 토씨 하나 틀리지 않고 일으켜 세웠다 우리의 아름다움이 우리의 악순환이었다 영혼의 반절이 이 작은 몸뚱이라는 것처럼 세상이 세상으로 나뉘기 전부터 조각나 있던 것처럼 너는 아팠고 그런 너를 나는 믿지 않았다 아마도 넌 한 사람을 일으켜 세우는 것이 한 사람으로서 할 수 있는 최선의 결과이기를 최선의 복수이기를 바랐나 보다 아픈 사람을 곁에 둔 여느 누구와 같이 처음에는 네가 나아질 것이란 조각들을 찾아 나섰다 없는 세상에다가 없는 육신을 끼워 맞추듯 선지자들의 눈빛은 어떤 고백보다 퇴폐적이었고 갖은 병마와 싸워 이겨 낸 이들의 수기는 큰 도움이 되었지만 우리의 이야기가 되지는 않았다 그저 맛없는 별미와 같은 조각들 그저 굶주린 두 눈으로 우물거려야 하는 허공의 조각들 그러나 사소한 조각 하나라도 놓치고 싶지 않았던 나는 나를 더 부수고 망가트리게 되었다 아무도 살릴 수 없는 네가 바로 내가 살아가고 있는 사람이라서 나는 너를 꼭 살리고 싶었다 나부터 살아야겠다는

마음이 급해 죽어 가는 너를 죽어 가지 않게 죽이고 있는 건
지도 몰랐지만 집착은 지식이 되고 지혜가 될 줄 알았다 내
가 믿고 있던 것들이 밤마다 역류하였다 우리의 본체는 애
초에 원형 없는 조각들은 아니었을지 허상처럼 들러붙은 너
의 육신이 내가 바라고 바라던 현실의 전부 같았다 텅 빈 네
영혼을 빠져나가고 있는 너의 눈빛이 모든 영혼의 하중을
견디고 있는 것처럼 보였다

죽음에 대한 모든 것 16

거처를 옮겨도 생활은 아물지 않을 거야 생활이 벌어진 자리마다 죽은 별이 흐르고 죽은 별처럼 몸을 뒤집으며 제 몸에 박힌 것들을 다 뽑아내면 막다른 상처에도 길이 생기겠지…… 사는 게 다 비슷하게 느껴지는 것만큼 삶에 대한 과시가 없는 것 같아 또 살아도 사는 것 같지 않은 순간이 바로 나만의 일상이 완성되는 순간인 것 같아…… 이 산에 들어온 후로 너는 조금씩 너다워지기 시작했다 너다운 것이 뭐였는지는 아무도 모를 일이었지만 연민이란 연민은 그 용의주도한 칼부터 들이대었지만 너는 아무것도 느껴지지 않는다며 조금씩 웃게 되었다 너의 웃음은 너를 닮지 않아서 좋았다 너는 너 자신을 느껴 보고 싶을 때마다 추억 하나 깃들지 않은 물건을 오래도록 들여다보기도 했다 너는 너를 잊고 있었다 너의 눈에선 수피가 흘렀다 너의 이마에는 피목이 그어져 있었다 너의 혈색은 검었다가 노랬다가 걷잡을 수 없이 파랬다가 균형이란 균형은 다 깨져 있었다 그렇게 너는 나아지고 있었다 사람들은 네게 숯을 먹였고 너는 그것을 먹었다 나는 이 천국이 무서웠다 철저히 계산된 기대들보다 더 오래 버티고 있는 너를, 더는 너를 너라고 부를 수 있는 사람은 아무도 없었다

SUCK-N-ROLL, 꿈의 사지로부터 멀리

작은 스쿠터에는 두 사람이 타고 있었다
아닐 수도 있었지만

작은 스쿠터에는 두 사람이 살고 있었다

*

나는 음악을 크게 듣는 편입니다 한 사람이 말했다

다른 한 사람은 한 사람의 음악에 이미 심취해 있었다
다른 한 사람은 한 사람을 더는 알고 싶지 않았으므로

분명히 경고했습니다?

한 사람을 뚫고 한 사람의 음악이 울려 퍼지고 있었다

*

그들은 하나의 헬멧을 나눠 쓰기 위하여 스쿠터에 올랐
던 것인지도 몰랐다

>

음악을 크게 듣는다는 한 사람은 한숨을 쉬며 헬멧을 벗었다 썼다 했다 헬멧은 답답했고 헬멧이란 건 한 사람에게는 어울리지 않았고 무엇보다 헬멧은 두 사람이 같이 만드는 이야기 같은 것이었으므로

눈이 내리고 있었다 겨울은 몸을 망칠 거라는 듯이

차근차근

차근차근이 그들을 뭉개거나

스케치하고 있었다

그렇게 한 사람은 볼륨을 줄이기 시작했고 다른 한 사람은 한 사람의 허리를 더 아름답게 붙잡았다

*

헬멧은 하늘 위로 높이
솟구치고 있었다 거기 있던 모두가 아아 입을 크게 벌린

채로 하늘 곳곳에 번지고 있었고

　우리들의 그 작은 스쿠터는
　시끄럽고 캄캄한 정오 어딘가를 통과하고 있었다

청혼

어떤 태양도

저 달의 가장 절실한 망상에 불과한 것처럼

죽음에 대한 모든 것 17

그녀에게는 사람을 홀리게 하지 않는 지극히 사람다운 뭔가가 있었다

*

그녀는 아프다라는 말보다는 세계라는 말을 자주 썼다 그녀는 책을 좋아했고 이 세계를 증오했다 그녀는 한 사람이라는 말도 자주 썼다 한 사람을 동경한다는 건 이 세계가 얼마나 소외되어 있는지를 뼈저리게 만끽하고 있다는 뜻이래요

나는 그녀에게 아프지 않다라는 말보다 슬프지 않다라는 말을 더 듣고 싶었다 슬픔이 아픔보다 짜릿하게 느껴졌다 또 슬픔은 아픔과 전혀 다른 아픔을 줄 것이었으니까 아픔보다는 슬픔에서 헤어 나오지 못하는 편이 더 인간적으로 보였으니까

아픈 그녀가 보여 준 모든 마음은 분명한 기만이었지만 내겐 언제나 구원이었고 나는 그녀에게서 한 사람도 끌어안아 줄 수 없는 거대한 구원을 보았다 그녀가 말했다 속고 속

이면서 우리는 전혀 다른 세계를 오고 갈 수 있어요 전혀 다른 세계를 완성할 수 있다니까요?

　나는 그녀의 주치의로서 어쩌면 그녀가 낫기를 바란 적 없을지도 모른다 그저 내 곁에서 오래오래 슬퍼하고 있기만을 바라며 그녀 곁을 맴돌았을 뿐…… 서로의 기만을 품어 주는 일 외에 달리 서로에게 다가갈 방법이 없었으니까 그녀와 나 사이엔 늘 건널 수 없는 그가 흐르고 있었다 그가 살아 있는 한은 그를 죽이지 않는 한은 그녀와 함께할 방법은 없었다 모르시겠어요? 그녀는 살고 싶어 해요 우리는 그냥 그녀가 도망칠 수 없도록 자유로이 풀어 두어야 해요 그녀가 미치지 않게끔 우리도 함께 미쳐 버려야 한다고 믿어요 그는 조금도 동요하지 않았다 이제 됐어요 죽음은 흔하디흔한 변수에 불과해요 그는 덤덤하게 그녀의 죽음을 애무하는 것처럼 느껴졌는데 마치 이제는 죽음이 그녀를 치료할 차례일 뿐이라는 듯이 죽음도 살긴 살아야죠 그는 그런 식으로 내게 경고했다 이 이상, 더 이상은 그녀의 존재에 대해 쉽게 감격하지 말라는 식으로

\>

*

모두의 예상을 깨고 그녀는 죽었다

그녀를 차마 보내 주지 못하겠는 이들의 슬픔 때문에 그녀는 몇 번을 더 새로 울었고 새로 죽었다 그들의 차마 못다 한 속죄 때문에 그녀는 몇 번이나 더 참고 버티고 살아야 하는 죄를 범해 왔다 나는 그녀를 살려 보려고 그녀보다 더 많은 그녀를 죽여야 했지 그녀에게 난 가장 아팠을 것이다 아픔이 슬픔을 도려내느라 조금도 슬프지 않았을 것이다

일은 뻔했다 병원은 전보다 고요했다 죽은 그녀를 제외하고는 아무도 내 곁을 떠나가지 않았다 죽은 그녀를 제외하고는 아무도 나를 기만하지 않았다 지극히 아무런 일상이 계속되었지만 나는 문득 그녀가 사라진 세상에서는 내가 설자리가 완전히 사라질 거라고 믿었다

죽음에 대한 모든 것 18

나는 이제 당신이라는 말을 쓰게 되었고

당신은 죽었다 보란 듯이 우리는 서로의 유품으로 태어났다고 북돋아 주던 당신이 죽었다 당신은 아직 숨이 붙어 있는 숨들을 타이르듯이 죽었다 그 숨들은 여전히 당신을 찾아 헤매고 있고 당신처럼 가는 사람은 당신이 생각하는 것보다 훨씬 많다고 해 그러니까 당신은 그다지 특별할 게 없는 죽음을 맞았고 죽음이 겪은 당신 중에서 가장 끔찍한 당신을 보여 주었다 자랑스러운 당신은 내게 남김없이 남아 달라고 했지 그걸 내내 당부하면서 갔다 끝까지 살아남아 새로운 금기들을 계속해서 써 내려가 달라고 당신은 이미 모든 것을 써 내려가고 있었는데 당신은 당신 뒤에 숨어 잘 보이지 않았다 영원을 통과하는 술래잡기 당신은 끝이 보이지 않는 골목을 단번에 소진하면서 텅 빈 심연 어딘가 빼곡하게 정박한 종이배들을 찢고 또 이어 붙이면서 갔다 당신의 방은 당신의 내부에 있었지 당신의 책장에선 얕은 물소리가 났다 바로 거기가 심연이었다는 것을 내 두 귀를 자르고 나면 잊힐까 문제는 당신이 죽어서 당신의 방문을 두드릴 수가 없다는 것 당신의 죽음에 대고 나를 다 내어놓으라고 신음할 뿐이다 당신의 죽음에 대해서 이야기하지 말앉아야 했을까 잡힐 듯 말 듯 아른거리는 당신은 당신의 죽음을 한 걸음 더 경이롭게 한다 맞다 당신은 이 별의 마지막 지혈이었다 모두를 사랑해서 혼자 혼자 겨우 저만큼이나 달아나 버렸던

당신은 죽었고 여기는 비로소 어두웠다

밑줄

내가
많이 아껴

시간이 해결해 주지 못할 시간들을 향해서

안겨 있다
아니
칼을 뽑고 있다

차 한잔 할 시간들이
우리를 겨누고 있을 때도 있었어

오늘은 별로 할 말이 없어
이렇게
당신과 조금 더 길게 이야기할 수 있을 것만

무사히, 라는 말을 증명하기 위해서

그 어떤 것도 말이 되지 않도록

베개

지금부터 거울은 당신의 모습을 보여 주지 않는다

*

미안해
정말 미안해
아무것도 잘못한 게 없어서……

베개는 고개를 돌려
주섬주섬
당신을 부축한다 당신과 함께

당신의 불면을 뒤쫓아 간다

당신의 불면은 숨을 헐떡대며
빛나고 작은 숲을 이루려는데

당신의 불면에 흐릿하게 비치고 있는 건 당신의 가장 오
래된 뒷면, 그 속을 알 수 없는

>
저는 제법 단단한 사람입니다

당신은 면접을 잘 봤고
당신에게 실망하였다

그런 당신을 주목하고 있는
밤의 심장은 푹신하다

불타는 숲속의 캐럴처럼
영원한 실눈을 뜨고 놀자

(당신은 지금 당신이 보이지 않는 곳에서
당신을 맹연습하는 중이었고

당신은 당신보다 행복한 허구를 본 적이 없다)

*

푸훗, 들려요?
나를 지새울 때마다

>
비명의 지층마다

몸서리치는 별들을!

*

거울을 깨우고 싶지 않아서
친구를 불러 두었다

베개에 얼굴을 묻고 나면
두려운 게 없다
다만

베개에 비치고 있는 얼굴은
내가 아닌 것 같다
나 아닌 나인 것 같다

없는 세계에 발을 툭 걸치고 있다는 듯이

거울 속 깊은 곳 어딘가에는

자신에게 딱 맞는 베개가 있다

*

기꺼이 포기한 꿈들이
아주 이룬 사건이 되는 건지도 몰랐다

풍요

당신은 아무 생각이 없어 보였다

좋은 식당에서 밥을 먹고 팁을 주고 당신은 행복하다고
했다 당신의 지갑이 늘 당신과는 무관하게 거덜 나 있어도

충분히 좋은 호텔이었다 예전처럼 뜨겁거나 차갑지는 않
아도 끝과 시작만큼은 분명해졌다 그 익숙함에 베일 것만
같았고 더는 더 나쁜 체위가 떠오르질 않아 씻으면서 많이
울었다

당신은 일어나 가장 먼저 담배 두 개비를 피웠다 그게 당
신이 이 세계를 가장 아름답게 버티거나 파헤치고 있는 순
간 중 하나였다 내가 콜록거리자 당신은 황급히 창문을 열
었고

창문은 대역을 쓰자고 말했다

햇빛이 우리를 손꼽아 비추고 있었다

무슨 일 있구나

적막이란
자기보다 몇 배나 큰 영혼을
번쩍 안아 든

상자

그래 네가 지금 생각하고 있는 바로 그것
더도 말고 덜도 말고
바로 그런 상자를 생각해 줬으면 좋겠어

건너뛰는 계절이 있어서
포개지는 마음이 있고

내려놓지 않아도 좋아서
내려놓지 않아야 이어져서

적막이란

그 상자는 안에 든 것보다 밖에 든 것들이 훨씬 많았네 밖
이 그만의 밀실이었고 닿지 않는 곳이 없어서 외롭지 않았

네 어둠의 손톱이 자라는 시간을 지나고 있었네 이와 같이 동그란 문장들 동그란 소멸들 동글다 둥글다 말하면 말할수록 하염없이 입가엔 미소가 지어지고 뭘까? 왤까? 물음표를 담으면 담을수록 끝없이 가벼워지는 상자들 그러다가 결국 결국을 배반하게 되고 그렇게

보랏빛 테이프로
꽁꽁 싸매지게 된다

*

단순하고 복잡하고
은밀한 노동

까대기
까대기

상자가 상자답게
소중한 무언가를 들고
미친 듯이 뛰어다닐 때까지

>

         *

다음 상자는 다음 장면을 분석하느라 여기 모인 모두를
기약 없이 끌고 가고 있고

너 나
우리
끝

입에 잘 달라붙지 않은 말들은 힘이 세다
달라붙지 않은 채로 잘 떨어지지 않는다

        *

뭐 먹을까

너는 혼자 첫눈을 다 뒤집어쓰고 있는데……

단 하루도 묻지 않은
평생 치의

일당을 받았어

너의 허기와
나의 가슴은 열린 결말처럼
실없이 굴러가는데

마피아가 모자라면 마피아 게임을 했다

그러니까 우리는 뭔가를 했다

없는 시간을 개면서
없는 턱끈을 수시로 조여 가면서

우리 중에 우리가 아닌 우리가 하나 껴 있어서

눈 녹듯이 픽픽
픽픽 쓰러지면서 왜 또다시 픽픽 일어나게 되는지는 여전
히 요원한 일이었지만

그러니까 우리는 하고 싶은 게 딱히 없었지만

반복은 불량하고 연쇄는 공정하니까

눈물이란 영구한 심증이니까

서로의 무언가에서 무언가를 계속해서 뽑아내는 거였다

좀처럼

열이 내려가지 않는 진실을
가까스로
식혀 먹듯이

아름다운 하늘을 보았다
하늘이 무너지고 있다는 미련 속에서

이건 게임이 아니니까

쉽게 철렁이던 가슴 하나
긴 포물선을 그으며 날아가고 있었다

사월

—그 꿈의 입구를 지연시키고 있던 것이 바로 활짝 열어 둔 내 심장
이었을 줄은 꿈에도 몰랐으니까

찌푸리는

이마는 가장 깨끗한 경도의 검정

*

아픈 몸을 끌고 유곽을 돌았다 곧 흔적도 없이 사라질 그
곳 나는 그와 함께였고 그는 좋은 친구라고 할 수는 없으나
내게 꼭 필요한 사람이었다 그는 내게 환우라는 단어를 처
음 알려 준 사람이기도 했다

오피룸은 저에게 비싸기도 하고 낭만도 없지 않겠습니까
그는 내가 애늙은이 같다고 좋아했다

*

명심해, 우리는 나쁜 화가들이야

*

기차 달리는 소리가 자못 운치 있었다 락스 칠 된 열망 속
으로 죽은 양들 새어 나가듯이

>
산 사람은 모두 외지인으로 여기라던
그는 호루라기 부는 사람이었다
그는 죽은 자 중 가장 산 사람이었다

아름다운 사람에 대한
아름다운 앙금으로 가득한

이 별은 미제로 남을 것.

끊어진 길은
고백하는 자들의
흘러내린 귀가에서
다시 시작될 것

그는 내 어깨를 토닥여 주었다

*

모르타르로 빚은 달처럼

달아 놓을 곳 없는 사람들의 새 얼굴을 그려 주겠다던……

>
이 시대는 우리가 겪은 환상과
시공施工에
치명상을 입었어

자정의 햇살

더 말이 안 되는 것은
외국인 친구들이 우리의 일과 슬픔과 문장까지 다 뺏어
가고 있었다
더 이상의 비극은 없었다

그럼에도, 나는 이렇게나 강한 사람입니다
(너는 나보다도 구슬픈 인간입니다)
주문을 외듯, 도태되지 않을 거야 흥청망청 절망할 거야

내 탓인지도 확신할 수 없는 내가 더께처럼 불어나 있
었다

악몽이 우리를 악몽에서 건져 내었듯이

그가 시키는 대로

머리를 감고
물을 쌓았다

피서

골대가 찢어져 있다

산책이 유일하게 허락된 감정이다

녹슨 드럼통에 모닥불을 피워 쐬고 있는 사람들 이렇게
더운데

꿈에서
당신은 더 실감 나는 사람이었고 여러 번
길을 잃었다

재는 분홍 분홍은 바나나 바나나는 미워

여름은 모든 결백의 등식일까
왜곡일까

십자가를 올린 곳이 많다
교회일 수도 동굴일 수도 아무도 모르는 공장일 수도 있다

이 별에서 가장 말라비틀어진 거라면 인간의 감정이 아닐까

살기 좋은 이 땅에서 아무도 살 수 없는 단 한 곳을 고르라면 그곳은 인간의 문장이 아닐까

저녁은 정교하게 세공된 혼돈

벅차면서 위태롭게

천장에서
내 몸이 새고 있다

무대는 사라지고 힘없이 날리는 커튼에도 뜨거운 악의가 깃들 수만 있다면

지극히 기계적인 측백

각혈
피자 엣지

도로 위에서의
졸음은
어느 별의 타전을 쓸어 담고 있나

어느 쪽으로든
당신으로 기울었다

행은 나누기 싫었다

민트 초코
소네트

갈대는 유령의 흐느낌 혹은 발자국

정신이 들어도

달은 북쪽으로 진다

\>

내 몸에
당신의 피
안 통할 때에

똑바로 걷고 있는 것 같다
잘 살고 있는 것 같다

아담 청부업자

마피아의 이름은 소피아
마피아의 형량도 소피아

소피아는 온종일 이불을 개며 근육을 키운다
소피아의 창백한 광배

엊그제 부순 꿈의 빗장들이
여태 몸속에 박혀 둥둥 떠다니고 있음을 느껴

쇼윈도에 걸린 남자는
굳은 커피를 홀짝이며
죽은 자들의 젖을 짰지
(죽은 자들의 젖은 꼭
서류 더미처럼 생겼어)

장독 안에는 아버님이 세 들어 계셨네
푹푹 찍어 먹었어 고추장인 줄 알았지
(알지 알지
장독 위로 쌓이는 눈은
겨울이 심혈을 기울여 찍어 낸 발자국이란 걸)

>

컹 컹 컹

주인을 잘못 만난 것들은 반갑다고 머리를 좌우로 흔들지

꼬리가 스물아홉 개인 나무는 죽은 자들의 문장으로 털 갈이를 하고…… 사색이 된 의자와 창가에 스며들어, 자기 자신을 온전히 사랑하는 자들의 자해를 돕지

꿈에서는
이토록 많은 일이 벌어졌건만
꿈보다 꿈 같은 날 한 컷도 순순히 받아들인 적 없고

갈수록 비대해지는 수챗구멍
물이 내려가지 않아
물이 내려가지 않음 속으로
별이 쏟아지는
어두컴컴한 역류 속으로

빨려 들어가고 있는 약통을
최후의 브런치라고 부를래

닦으면 닦아낼수록

빼먹으면 빼먹을수록
떡지는 화장

소피아는 되는 대로 집을 나선다
사실
눈곱을 떼는 순간부터가 환복
루주를 따는 순간부터가 외도

방 안의 눈이나 쓸며

소피아의 외출은 더 뒤틀린 방으로 들어가는 것이었다
집을 나서자마자 집 안에 마련된

나? 나는
도마 위에서
풍선을 썰고 있었지
채 썰어 김칫소로 넣었다지
풍선의 뼈와 풍선의 모퉁이 풍선의
아가미들 날뛰는
내 영혼은 새빨간* 냉동고

>

필요한 게 있음 내 안에서 바로 꺼내다 쓰세요
아낌없이 퍼 주는 분열

(내 안으로 집어넣었던 손을 빼는 순간
당신의 손이 당신의 별을 조르고 당신의 목이 당신의 형
태를 조르고 있다는 것에 안도하겠지)

우리는 매 순간 우리의 슬픔이 진화하는 경험을 해
더는 진화라고 표현할 수도 없이
나아가고 있어

생몰의 하체를 탐하면서

백지 위에 펼쳐진 캠과 애마들을 지나

우리가 먹은 김치를 모조리 토해 낼 수만 있다면…… 알
수 있을까요?

배 속에 있던 아이들이 대체 어디로 흘러갔는지,

\>

사라진 아이들의 소복한 숨결만이

옷걸이를 구부리고

텃밭을 일구고

거실 바닥에 뒹군다

누구보다 잘 재우고

잘 울리고 싶었는데

심장 대신

풍선을 터트리고 있을 때마다 느껴

눈물이 얼고

빙하가 녹고

영혼은 껍질을 깨고 더 깊은 어둠으로 젖어 들고 있음

을⋯⋯

소녀가 엄마로 잠시 되돌아가는 것처럼

기계적으로 커피를 내리고 있을 때마다

풍선이 매워서

별이 너무 짜서

\>
아아 혹시 나는
전혀 다른 것을 썰고 있었을지도

소피아는 무언가를 기다리고 있는 것이 분명했다

택배 아저씨는 한 손에 택배
한 손에 사랑을 들었지

한 손에 잡히는 것만이
세상에서 가장 강력한 무기

자신을 끝장내 줄
무고한 무언가를

소피아는 기다리고 있었다

소피아의 미래는 소피아만이 알겠지

다만 소피아의 고독은 소피아를 후하게 쳐줄 것

>
그러니까 소피아는 책을 써도 되겠다
소피아가 쓴 책은 소피아가 견뎌 낸 시절보다
불타나게
쓸모없겠지만

소피아의 가치는
영원으로도 환산이 불가능한
영원 그 이상이니까

* 하늘 아래 부끄러울 게 없는 믿음, 그것은 빨강.

천 개의 모독과 단 하나의 여름
—TO ALL OLDER ANGELS OF ARTIFICIAL FLEECE

당신은 연상의 천사
천상의 천사마저 이기고 올라왔네

*

너는 내 위에서
영원한 나무였다

따뜻한 음악에 몸을 담그고 있으면 아주 천천히, 아주 천천히 얼어붙는 듯한 기분이었다 그리고 은하 그리고 간구라는 단어가 떠올랐다 어떤 단어는 기적처럼 일상을 비집고 올라온다 닫힌 내 입을 열어 주진 못하지만, 몇 겹의 곱씹음으로 된 나는, 나는 늘 얼음처럼 여기가 또 저기가 간지럽다고 말하고 싶었지만

*

폐지 줍는 사람이 보인다 그는 매번 이 시간에 줍는다 폐지가 아닌 이 시간을 주우러 다니는 것인지도 모른다 허리를 숙이면 그는 고개를 갸우뚱하는 식으로 내 인사를 받아 준다 나는 그런 인사가 참으로 좋고 지금 나는 내 몸 받으

러 가는 길 누구에게도 빼앗긴 적 없는 우리 몸 받으러 가
자, 네가 말했다

　어린 소년이다 춥다 쌍꺼풀이 없고 이마가 조금 튀어나
온 게 딱 너의 취향이구나 우리가 만약 소년이었다면 한 소
녀를 두고 싸웠겠지 싸우다 눈이 맞았을 거야 손잡고 나무
를 바래다주었을 거야 가장 투명한 숲이 되었을 거야……
누나, 누나는 저보다 소년 같아요…… 장담하건대 소년보
다 잘하는 기계는 없을 것이다

　폐지 버리는 사람이 보인다 폐지 줍는 사람과 똑같은 차
림의, 이제는 내가 고개를 갸우뚱해야 할 차례일까

*

　너와 팔짱을 끼고 있었다 우리는 우리가 좋아서 이러는
거야 너는 입을 닫지 않았다 우울도 대출도 호구도 명품도
우리에겐 그저 다 영감의 원천이라구 그러니까 우린 우리
그대로의 우리로 바라봐 줄 손님이 필요해 우리가 우리가
될 때까지 막 대해 줄, 우리를 함부로 함부로만 받들어 줄
손님들이!

인형 놀이만 하고 가는 사람이 있었다
뜨거운 오후였다 너무나 끔찍하게 평안해서
미친 듯이 불친절한, 오후였다

*

세상을 보는 눈이 그렇게 없냐고 꾸짖던
너희들은 세상이 그득한 그 눈으로
대체 뭘 보고 있다는 건데?

자기 슬픔에 붙은 불은 절대 끄지 못하는 소방수들처럼
가눌 수 없는 꿈의 속살들만 길게 쌓으며

어떤 비밀도 눈 뜨고 지켜볼 수 없는 곳에서
너무 많은 비밀을 다독인 것 같다

*

모두가 날 집으로 돌려보내겠다고 했고
나에게는 집이 없었다
집이라 부를 만한 노래도 쓸개도

빛나는 의문사를 꿈꾸던 아이들은 커서
자신이 답한 애도만을 의문으로 갖듯이

우리에겐 미래가 없다, 라는 공공연한 장밋빛
미래들을
넋을 잃고
사수하느라

너는 너의 일을 벌이고
나는 나의 일을 벌였다

우리는 서로의 발등을 찍듯이 짝사랑했네

텅 빈 골목에 이름을 올리다가
우리는 우리 몸에 탐스럽게 맺힌 낙과들을 따다가
떨어져 죽을 거야

영화처럼, 우리가 그런 위험에 처할 일은 없을 거야
소설처럼, 말도 안 되게 끔찍한 일들은 넘쳐 나겠지만

가지가 부러진 위로를 건네는 너와

너의 위로 안에서 위태로운 나

우리는 우리를 잊지 않기 위해서
우리를 다 지우고 살아야 할까

주먹을 언제
어떻게 쥐었더라

발끝은 어디쯤에서
이 별의 부력이 되었더라

꿈을 버릴 때를 제외하고는
꿈을 꾸지는 마

더는 돌아가지 않는 허리로
죽어 가는 소년을 휘감았던 것처럼

목에 걸린 별들이
또박또박
우리의 긴 밤과 이별을 앗아 갈 테니

수채화

구름은 뼈가 붙는 꿈이었다

소등

끝을 보지 못했다 그러면 나는 전보다 가진 게 훨씬 많아진 것처럼

다른 죽음에 대하여 생각했다

분노와 함께 오는 눈물과 기린의 차디찬 손등을 어루만져 주던 숲속의 머플러를

그러니까 나에겐 눈물과 머플러가 전부인 것 같고

끝은 나를 밀어내는 사소한 꿈이라 해 두자

겨우 이거래도 이게 나라고 해 두자

다그치고 다그쳐도
차단기는 내려가지 않았다

죽음에 대한 모든 것 19

당신은 창에 입김을 불었다
구름을 꼬집는 거라고 했다
내가 보기엔
나비를 띄우는 것처럼 보였지만

든 것도 없이
양푼을 비비고 또 비비고

*

당신이 죽고 난 뒤에도 한참 동안
조의금이 들어왔다
조의금으로 많은 것을 메꿨다

고맙지 않았다
당신 때문에
나는 세상에 다시 없을 부자가 될 테니까

>

*

　당신의 흑단 같던 눈 어둠 속에서 피아노를 치고 기타를 연주하던 당신의 눈 그런 당신의 눈을 닮은 당신의 품 당신의 품은 당신을 뒤로한 채로 많은 것들을 안아 주고는 했다 당신의 품은 당신의 무덤보다 분명 깊을 테지 당신의 죽음이 당신의 수의보다 가벼운 것처럼…… 당신은 당신의 연보라색 시스 드레스를 입혀 달라고 했지만 당신에게는 수의가 씌워졌다 아무도 당신의 죽음이 당신보다 더 아름다운 죽음을 맞이하는 것을 원치 않았나 보다 당신의 죽음은 당신의 탄생보다 뜨겁게 살 것이다 당신의 죽음을 안고 나는 나의 죽음보다 더 오래 죽어 갈 것이다 이렇게 우리는 서로의 죽음을 몇 번이고 다시 살아갈 테지 봐 봐 당신의 죽음은 아직까지 이렇게 따뜻한 것을 아직이라는 말보다 훨씬 떳떳하게 들리는 것을

해 설

고통의 신음으로, 혹은 빛의 언어로

임지훈(문학평론가)

   인간은 약하다. 인간의 육신은 작은 날붙이에도 쉽사리
상처를 입고 피를 흘린다. 인간의 정신은 작은 외부적 자극
에도 쉽사리 흔들리고 무너질 수 있다. 누군가는 이러한 인
간의 나약함으로부터 정신의 위대함이 나타나는 것이라고
말할 테지만, 그렇게 말하기에 현대의 인간 정신은 너무나
도 자폐적이다. 야생의 동물을 상상해 보라. 강인한 체력
과 흔들림 없는 정신으로 눈밭을 끝없이 걸어가는 늑대를.
단지 살아남기 위해 모든 신경을 곤두세우고 날카로운 발톱
으로 대지를 박차며 숲속으로 달려가는 늑대의 모습을. 언
제고 자신의 생이 다하는 순간까지 늑대는 계속해서 투쟁한
다. 자신의 생존을 위협하는 세계와 계속해서 투쟁한다. 거
기에는 단지 생존이라는 말만으로는 다 표현할 수 없는 어

떤 것이 있다. 세계와의 투쟁 속에서, 피와 살의 비린내 속에서 발생하는 우아함이 있다. 그러한 우아한 아름다움에 비하자면, 인간의 방식이란 기이하다. 위협에 적응하며 그것을 헤쳐 나가기 위해 스스로의 발톱을 가는 대신, 어느 순간부터 인간은 스스로의 주변에 담을 둘렀다. 그 담 속에서 위협들을 하나하나 제거하고, 그렇게 인간이 아닌 다른 모든 종들을 배제해 버림으로써, 인간은 오직 인간으로만 이루어진 사회를 만들어 냄으로써 스스로를 지켜 냈다.

현대란 이처럼 인간에게 위협이 될 수 있는 모든 요소를 제거한 무균실과도 같다. 인간에게 고통을 줄 수 있는 정신적, 육체적 요소들이 모두 제거된 이 무균실 속에는 오직 인간이라는 단 하나의 종만이 살아가고 있는 것 같다. 오직 단 하나의 종만이 남아 버린 이 안에서, 인간은 오직 스스로를 바라본다. 오직 인간에 대해서만 생각한다. 하지만 아이러니는, 그렇기에 되려 인간은 인간에 대해 알지 못한다는 것. 다른 종이 없기에 인간은 스스로의 고유함조차 진정으로 감각하지 못한다. 대신 인간이란 어떠해야 한다는 규격을 점점 더 세밀하게 정초해 나갈 뿐이다. 규격을 세우고 그 규격들에 스스로를 끼워 맞춤으로써 좀 더 균일하고 무균한 세계를 구성해 나가는 것, 그것이 이 사회의 역사라면 그것은 살아남기 위해 스스로를 유폐하는 밀실로의 역사가 아닐까. 그러니 외로움이란 필연적인 것이고, 인간이 무엇인지 견주어 볼 수 있는 대상을 모두 잃어버린 삶 속에서 자아와 정체성이 흔들리는 것 또한 당연한 일일 것이다.

이 시집은 그렇게 밀실에 유폐된 인간에 대한 이야기이다. 다만, 스스로의 안에 인간이 배제한 타자가 함께 머무를 수밖에 없는 운명을 지닌, 기이한 인간들에 대한 이야기이다. 그 타자의 이름은 '고통'이다. 단지 '고통'일 뿐이라고 말한다면 누군가는 그것에 평범한 인상을 받을지도 모르겠다. 하지만 그것이 불치의 고통이라면, 그리고 그것이 어떤 순간에도 함께할 수밖에 없는 내 안의 타자라면? 가상으로서의 고통이 아니라 실제적인 육체적 고통과 함께 살아갈 수밖에 없는 사람들이 이 시집의 주인공이다. 그 사람의 이름은 '나'이다. 그리고 또 한편으로 '너'이다. 이 둘은 항상 육체적 고통과 함께 살아가며, 그들의 육신은 이 육체적 고통에 휘둘리는 모습을 자주 노출한다. 이들은 죽음에 대해 자주, 그리고 깊이 생각한다. 어쩌면 이들의 삶은 항상 고통이 초래하는 죽음에 대한 상상에 침식해 있는 것일지도 모른다.

　　　이유가 없으니까
　　　이유를 말해 줄까

　　　빛이라도 씹어야
　　　낫는다는 병이었다

　　　그래서 내가 이렇게 반짝이는 거구나
　　　　　　　　　　─「죽음에 대한 모든 것 5」부분

인과가 존재하는 고통이라면, 원인을 제거함으로써 우리는 고통으로부터 해방될 수 있을 것이다. 하지만 원인을 알 수 없다면, 고통의 이유조차 알 수 없다면 우리는 대신 다른 무언가를 찾는다. 나의 고통을 상쇄시켜 줄 무언가, 혹은 고통 속에서 나의 정신이 온전할 수 있도록 기댈 수 있는 무언가 말이다. 흡사 예수께서 기적을 행하심을 믿고, 그들을 찾아가는 행려병자들처럼, 저 너머에 나를 치료해 줄 무언가가 있으리라는 기대로 스스로의 지치고 병든 몸뚱이를 이끌어 갈 수 있을 것이다. 그렇기에 '나' 또한 "빛이라도 씹어야/ 낫는다는 병이었다"고 말한다. 하지만 여기에는 한 치의 서러움 또한 깃들어 있어서, 그가 "빛이라도 씹어야/ 낫는다"고 말할 때, 여기에서 새어 나오는 것은 나를 낫게 해 주리라는 '빛'에 대한 기대와 믿음이 아니다. 마치 신에 대한 은유처럼 느껴지는 이 '빛'에서 감지되는 것이란 그조차 '나'를 고통으로부터, 병으로부터 자유롭게 해 주지 못하리라는 슬픈 예감이다.

괜찮아, 네가 손짓했다

너는 이미 다 무너졌는데

너의 손짓은
아직도 너의 절반을 덜어 내고 있었다

아파서 아무것도 할 수 없는 너는 이제 너를 마저 덜어 내

고 있구나 너의 전부를 찾고 싶구나 남들보다 조금 더 빠르
고 착실하게 덜어 내느라 너는 너를 알아 갈 시간이 턱없이
모자랐지 해서 너의 손짓은 아직도 너의

　　　　　　　　—「죽음에 대한 모든 것 6」 부분

　그런 의미에서 이 시집에서 등장하는 '나'와 '너'의 삶은 온
전히 자유롭지 못하다. 그들의 삶은 항상 고통과 그것이 초
래하는 죽음에 붙잡혀 있고, 그들의 삶은 이 고통과 죽음이
초래하는 감각들에 휘둘린다. 자유롭게 자신의 이상을, 꿈
을, 자아를 실현하는 것이 아니라, 고통과 죽음을 중심으로
회전할 수밖에 없는 부자유스러운 삶의 모습이 '죽음에 대
한 모든 것' 연작에서 그려지는 '나'와 '너'의 모습이다. 그런
의미에서, 이들의 삶은 항상 한계와 마주하며 살아가는 삶
이다. 인간이 스스로의 정신을 유지하기 위해 직접적 대면
을 피하고자 부단히 노력하는 '한계'가 이들에게는 무엇보
다 친숙한 삶의 진실이 되는 셈이다. 그렇기에 항상 고통을
직면하며 살아가는 이들의 삶은 무언가를 채우는 방식이 아
니라 스스로를 덜어 내는 방식으로 진행된다. 살아남기 위
해서는 오직 그것만이 유일한 방법이라는 것처럼 말이다.

　너는 너 아닌 무언가와 계속해서 이야기하고 있었다 그
러면 나는, 너와 너 아닌 무언가가 하나의 너를 공유하고
있다는 것에 참을 수 없이 두려워지기도 하는 것이었는데

　　　　　　　　—「죽음에 대한 모든 것 8」 부분

그러니 한편으로 이들의 모습을 저주받았다 할지라도 크게 틀리지는 않을 것만 같다. 삶의 쾌락과 함께하는 것이 아니라, 항상 고통과 마주하며 살아갈 수밖에 없는 삶이니 말이다. 더불어 그것이 이유조차 알 수 없다는 점에서, 고통은 극복의 대상이 될 수조차 없다. 그러니 이들은 항상 고통 속에서, 고통과 머무르며, 고통과 마주하고, 고통과 대화를 나눈다. 그렇기에 이들은 단지 둘이 있을 뿐인 시간에도 오로지 둘로써 서로를 독점할 수도 없다. 거기에는 늘 고통이 함께하고 있기에, 그들은 늘 자신의 일부를 고통에 내어 주고 있을 따름이다. 어떤 것도, 심지어 자신의 삶과 사랑조차도 오직 자신의 것이 될 수 없다. 그렇기에 심지어 "나의 지옥"조차 "나의 소유"(『죽음에 대한 모든 것 8』)가 아닐 수밖에…… 심지어 '나' 자신에 대한 생각들마저도 고통에 의해 침식되어, '나'에 대해 "생각"할수록 '나'는 '나'와 "끊어져 있"다(『들과 고래와 링거』). 그러니 그 어떤 것도, 심지어 '너'와의 시간과 '나' 자신에 대한 생각조차 오로지 나의 것이 될 수 없으니, 이것은 오직 "나의 지옥"이 될 수밖에……

그렇게 고통은 '나'를, 그리고 '너'와 그리하여 '우리'를 모든 것들로부터 소외시킨다. 오직 내버려진 채, 단지 고통과 함께 머무르며 우리 또한 단지 이곳에 머무르고 있을 뿐이다. 심지어 둘조차 서로에 완전히 포개어지지 못하고, 서로에 대한 믿음과 마음으로 서로를 지탱해 줄 수도 없다. 그렇기에 이 관계에서, 사랑은 모든 고통으로부터 그들을 해방시켜 줄 무언가가 되지 못한다.

어떤 태양도

저 달의 가장 절실한 망상에 불과한 것처럼

　　　　　　　　　　　　　　　　　—「청혼」 전문

　한순간 타자가 나를 위로한다 하여도, 그것이 영원히 지
속되는 것은 아니며, 그 위로 또한 '나'의 고통이 빚어낸 착
시에 불과함을 '나'는 안다. 그렇기에 화자는 '청혼'이라는
사회적 낭만에 대해 위와 같이 정의한다. 마치, 그 모든 사
회적 낭만들이 단지 허상에 불과하고, 진실된 위로나 해결
은 불가능하다는 것을 이미 알고 있는 것처럼 말이다. 그렇
기에 이들은 그냥 살아간다. 단지 살아갈 뿐이다. 고통에
스스로의 일부를 내어 주고, 고통에 항상 사로잡힌 것을 마
치 당연한 삶의 방식인 것처럼 느끼면서 살아가는 것이다.

　살아남을 거야
　대신 아무것도

　증명하지 못할 거야

　　　　　　　　　　　　*

　팽팽하지도 느슨하지도 않게

　손목은 뿌옇고

140

밑줄을 멈추지 않는다면 누구나 단단한 안개를 소유할
수가 있다고

늘어진 손목이 잡아당기고 있는 건 다른 행성의 위로,
다른 질감의 약속

피가 울리는 시간
찰나들이 곤두선 백회 너머

                          *

붉은 안개의
나이테를 보여 줘

너는 지구처럼

우아하고도 우아하게

너의 잔해를 뒤지고 있었고

                                       —「긋다」 전문

어떤 목적을 위해 살아가는 것이 아니라, 단지 살아남기
위해 살아가는 삶. 그것을 행복한 삶이라고 말하기는 어려
울 테지만, 하지만 그것을 비루하고 비참한 삶이라고 말하
는 것 또한 쉽지 않은 일일 것이다. 아니, 오히려 고통으로

인해 사회에 몰입하지 못하고 소외를 경험하며, 한 발 떨어져 바라볼 수밖에 없는 이들이란, 삶의 본질이란 비루하고 남루한 것임을 누구보다 가볍게 깨달을 수 있는 자들일지도 모르겠다. 그렇기에 무언가를 증명하고, 무언가를 이뤄 내기 위해서가 아니라 단지 살아남기 위해 살아가는 이들의 삶은 마치 늑대를 닮아 있다. 매 순간 고통과 대면하고, 그것을 견뎌 내며 살아가는 것은 곧 우리가 잃어버린 삶의 순수성, 삶을 위한 투쟁의 모습이 아니겠는가. 그렇기에 이 고통의 기록들은 처절하고 남루한 것이면서, 그렇기에 한편으로는 한 뼘 정도의 자그마한 빛을 내뿜는다. 고통으로부터 피어나는, 고통으로 물든, 고통 속에서 터져 나오는 한 줄기의 비명과도 같은 빛이다.

아니
네가 반짝이는 이유는
네가 더는 살지 않으려고 해서도 아니고

나는 너이기 때문만도 아니고
너는 나이기 때문에도 아니고

네가 아무 이유도 없이
짖기도 하고 물기도 해서 그렇다는 것도 아니야

그저 말없이 바라보고 있으면
바닥에서

바닥으로 몰아쉬고 있으면

슬며시
가슴 깊은 곳에서부터

머리를 열고
가슴을 열고서
끓어오르는 별들

나 미친 거 아니야, 환하게 웃는 너
보다 환하게 속아 주는 나
때문이야

—「죽음에 대한 모든 것 5」 부분

    아무것도 그들을 고통으로부터 자유롭게 해 줄 수는 없을 것이다. 이 세계에는 어떠한 기적도 존재하지 않으니까. 이들은 고통 속에서 피 흘리며 살아갈 수밖에 없는 짐승들이니까. 그들은 안다. 이 세계에는 진실로 어떠한 기적도 없으며, 우리가 바라는 삶의 기적들이란 단지 허상이며 허구이고 환상일 따름이라는 것을. 사랑조차도, 그들을 고통 속에서도 구해 주지는 않으리라는 것을. 하지만 그것이 이들이 생을 포기할 이유는 되지 않는다. 그 모든 부정에도 불구하고, 이들은 계속해서 함께 살아간다. 고통이 서로를 연결해 주며, 고통이 이들의 정신을 계속해서 부추긴다. 그 고통이 완전히 이들의 삶을 잠식하는 순간까지 이들은 계속해서 살아갈 것이다. 비록 '너'의 환한 웃음에서 새어 나오는 삶의 빛이 나의 고통을 치유하지는 못할지라도, 내가 내는 빛이 너의 고통을 걷어 내지 못할지라도, 이들은 서로를 향해 웃으며 빛을 뿜는다. 오직, 고통 속에서만 피어날 수 있는 빛을 말이다. 비록 이 빛이 그들을 구원하지 못할지라도 말이다.

여기에 삶의 진실이 있다. 모든 고통을 스스로의 삶에서 배제하고 눈을 돌린 삶에서는 찾을 수 없는 세계 속의 인간이라는 진실이 있다. 오직 고통과 대면하는 순간에만 뿜어져 나올 수 있는 빛과 같은 진실이 있다. 단지 한 뼘에 불과할지라도, 그것은 빛이다. 나의 고통과 진심으로 대면하고, 타인의 고통을 진심을 다해 앓고, 그 고통 속에서 그럼에도 불구하고 생을 정초해 나가는 존재만이 말할 수 있는 언어가 있다. 그 언어의 이름은 투쟁이다. 세계의 진실이 고통이라는 것을 외면하지 않으며, 진실 속에서 그것을 진심으로 앓는 이의 투쟁. 그리하여 이 모든 생의 투쟁들로부터만 길어질 수 있는 언어가 여기에 있다. 한편으로는 피비린내 나면서도, 신음이 뒤섞인 것…… 그렇기에 빛나는 어떤 말들이 여기에 있다.